Félix Têtedeveau

ANNE-MARIE DESPLAT-DUC

Félix Têtedeveau

ILLUSTRATIONS DE PHILIPPE DIEMUNSCH

Castor Poche

Une précédente version de ce texte a paru en 1995
dans la collection « Castor Poche ».

Pour le texte :
© 1995, Flammarion
Pour la présente édition et les illustrations :
© 2013, Flammarion
87, quai Panhard-et-Levassor – 75647 Paris Cedex 13
ISBN : 978-2-0812-8751-8

Pendant les vacances, pas de problème. Forcément, on s'appelle tous pareil dans la famille : les cousins, les cousines... sauf Clément et Jérémy : leur mère a épousé un fils Poireau. Comment a-t-elle pu ? Moi, à sa place, j'aurais fait très attention de tomber amoureuse d'un garçon avec un nom normal. C'est vrai, quoi ! Les filles ont la chance de pouvoir changer de nom à leur mariage, alors autant en choisir un bien. Quelle malchance que je ne sois pas une fille ! Je n'aurais plus qu'une dizaine d'années à souffrir, alors que là... J'entends déjà les enfants pouffer derrière leurs mains, lors de la corvée de visite du cimetière le 1er novembre, quand ils verront mon nom gravé sur la pierre tombale !

Grand-père Henri, l'oncle Jean et l'oncle Norbert ressortent chaque année les mêmes plaisanteries. On les connaît par cœur ! Les adultes, il leur en faut peu pour les amuser !

Moi, je ne ris pas. Comment peuvent-ils seulement sourire de sujets aussi dramatiques ?

L'oncle Jean me rappelle à l'ordre.

– Alors, Félix, tu boudes ?

– Non, mais...

— Il vaut mieux en rire qu'en pleurer, tu sais !

Je ne lui réponds pas, parce que je pense exactement le contraire.

Mon père renchérit :

— Tu peux être fier de ton nom, les Têtedeveau nous ont fait honneur en 14, en 40 et même sous Napoléon, alors tu vois...

Non, franchement, je ne vois pas ce que ça change. Malgré les Têtedeveau héros de grandes guerres, j'ai honte... honte de mon nom ridicule... et la honte est un sentiment exécrable qui vous oblige à marcher le cou dans les épaules, à rester dans l'ombre, à vous faire oublier.

En tout cas, qu'il ne compte pas sur moi pour me distinguer dans une prochaine guerre ! Je refuserai de toucher à un fusil, et si tout le monde faisait comme moi, il n'y aurait plus de guerre, et ce serait formidable. C'est incroyable que personne n'y ait pensé et qu'il y ait encore autant de gens qui se battent dans le monde. Peut-être devient-on plus méchant en vieillissant ?

Quand je rencontre des copains sur la plage, je leur donne mon prénom qui n'est déjà pas folichon. Ils n'ont pas besoin d'en savoir plus. Quelquefois, juste pour voir si, par extraordinaire, ils n'ont pas un nom de famille plus catastrophique que le mien, je leur demande :

— Tu t'appelles Antoine comment ?

— Chazal, pourquoi ?

— Pour rien.

— Et toi ?

— Durand.

Je rêve de m'appeler Durand, Dupont ou Martin. Il y en a des milliers, alors que des Têtedeveau...

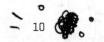

Il n'y a que moi, enfin nous... La famille Têtedeveau.
Vous vous rendez compte ? TÊTEDEVEAU !

Et en plus, mon père est boucher ! mon grand-père est boucher, mon arrière-grand-père était boucher et ainsi de suite. Je suis sûr que sous Henri IV, mon aïeul s'appelait Durand ou Dupont, mais comme il était boucher, ses clients l'ont sur-nommé *Têtedeveau*. Plus tard, le surnom est resté, ses descendants ayant tous choisi de vendre de la viande.

Je m'étonne qu'aucun de mes ancêtres ne se soit fait tailleur ou maçon pour rompre cette série infernale. Enfin, les vieux aiment bien les tradi-tions. Pas moi. J'aime tout ce qui est moderne : le Coca, le chewing-gum, les tags, le rap, les jeux vidéo. Mon père déteste. C'est déjà la preuve que je ne suis pas comme lui... et puis, j'ai horreur de l'odeur de la viande. Un bifteck dans mon assiette me donne la nausée.

– Celui-là, il fait honte à la profession, assure mon père.

Parfois, il ajoute :

– Ma parole ! C'est pas un Têtedeveau !

Et c'est le plus beau des compliments. Ce qui est certain, c'est que je ne serai pas boucher. Je serai explorateur, alors peut-être que les enfants de mes petits-enfants s'appelleront Amazonie ou Groënland. Ce sera tout de même plus joli que Têtedeveau.

Le drame, c'est la rentrée scolaire !

Pourtant, mon père ne me traumatise pas en exigeant que je sois le premier de la classe. Au contraire, il n'arrête pas de me répéter :

– Ne t'inquiète pas, fiston, pour être boucher pas besoin de réussir au bac !

Lorsque je lui donne mon bulletin de notes, il le commente d'une voix catastrophée :

– Deuxième en maths ! Troisième en français ! Premier en géographie ! Si tu continues comme ça, tu deviendras ministre, et qui prendra la succession de la boucherie ?

L'idée de céder le magasin à un inconnu le rend triste.

– Tu comprends, cinq générations de Têtedeveau ont travaillé dans ces murs. Vendre le commerce, c'est comme... une trahison... « Ils » ne me le pardonneraient pas.

J'ai de la peine de le voir ainsi, mais je reste sur mes positions.

– Je serai explorateur.

– Explorateur, explorateur, s'énerve-t-il, c'est un métier de crève-la-faim. En ce moment, avec le chômage, il faut choisir un travail qui nourrisse son homme, et la boucherie, il n'y a rien de mieux, à part peut-être la boulangerie... mais tu ne veux pas être boulanger ?

– Non, je veux être explorateur.

– Tête de mule ! hurle-t-il (ce qui me ferait sourire en d'autres circonstances).

Comme je ne veux pas être boucher, je suis obligé d'étudier. Un explorateur doit savoir plein de choses : où se trouvent les pays, comment se diriger avec une boussole, parler aux tribus indigènes, vivre sur une île déserte, reconnaître les plantes toxiques, retrouver un ours ou un lion en suivant leurs traces... Ce qui m'inquiète, c'est que, pour l'instant, on n'apprend rien de tout ça.

À quoi me servira de savoir calculer la vitesse à laquelle se remplit une baignoire, d'employer correctement le subjonctif et de connaître la date de la prise de la Bastille en plein cœur de la forêt amazonienne ?

Là-bas, dans ces pays lointains, les gens ignorent ce que signifie « *Têtedeveau* ». Ils prononceront, avec un accent chantant : « *Têtedevio* », ça ne les amusera pas du tout et moi je serai enfin heureux...

L'année dernière, dans notre classe, il y avait un gars qui s'appelait Pierre Scarecrow. Ma cousine Émilie, qui fait de l'anglais, m'a dit que son nom se traduisait par « épouvantail », mais comme on ne connaît pas l'anglais en CE2, personne ne s'est moqué de lui. Moi, pour me venger, j'aurais bien voulu, mais je n'ai pas osé parce qu'il était sympa et que « Têtedeveau », ça ne le faisait pas rire. On est devenus de bons copains. Cette année, il est allé dans une école bilingue. Dommage.

Chapitre 2

La rentrée, c'est demain, et j'ai le trac. Si encore cette directrice de malheur ne prenait pas un malin plaisir à mélanger tous les élèves de même niveau pour constituer de nouvelles classes !

À mon avis, elle met les noms de tous les CE2 dans un chapeau et les tire au sort pour obtenir ses quatre classes de vingt-six élèves. Sinon comment expliquer que je perde chaque année mes meilleurs copains pour me retrouver avec des inconnus ?

Si j'avais été avec les mêmes « potes » depuis le CP, mon problème aurait diminué. Au fil des trimestres et des années, ils se seraient lassés de se payer ma tête (si je puis dire !).

Et voilà ! Gagné ! À part trois gars qui étaient avec moi en CE2, et qui ne sont même pas des copains, je ne connais personne. Et il va falloir que j'annonce mon nom à haute voix ? Je ne pourrai jamais ! Enfin, c'est ce que je crois chaque année, et je finis toujours par le dire.

On s'installe dans la classe, on sort sa trousse remplie de stylos, de feutres, de crayons de couleur neufs.

– Bonjour, les enfants ! commence l'institutrice.

– Bonjour, madame ! répondons-nous en chœur.

– Faisons connaissance. Je suis Mme Dubois et j'espère que nous allons bien travailler. Maintenant, présentez-vous.

Aïe, aïe, aïe... si je pouvais fuir, ou disparaître, ou mourir sur place ! Je me concentre pour que l'un de ces souhaits se réalise, mais je n'ai aucun fluide et je reste derrière mon bureau, aussi rouge qu'un rosbif mal cuit, le cœur battant comme après un cent mètres, au bord de l'asphyxie.

Les autres se lèvent un par un et annoncent leur nom : Laurent Poitoux, Nicolas Claucet, Mylène Dur, Céline Dorance...

C'est à moi. Le silence m'attend. Toutes les têtes se tournent de mon côté. J'ai la gorge sèche. J'ouvre la bouche. Ma langue pèse une tonne. Aucun son ne franchit mes lèvres.

– Alors, comment t'appelles-tu ? me demande l'institutrice comme si je n'avais pas compris.

Si je ne parle pas, elle va me prendre pour un débile. Je me lève, les jambes flageolantes, et j'articule avec peine :

– Fé... Félix...

Déjà, certains se marrent en chantonnant « Félix le chat ».

– Félix comment ? insiste Mme Dubois.

Elle veut ma peau ! J'aspire une grande goulée d'air comme avant de plonger dans la piscine et je lâche d'un coup pour être débarrassé :

– Têtedeveau.

Je m'écroule sur ma chaise.

Un grand éclat de rire retentit. Je baisse la tête, mais à travers la mèche brune qui me cache les yeux je vois Mme Dubois étouffer un hoquet derrière sa main. De l'autre, elle tente de calmer la classe qui pétarade mon nom comme un feu d'artifice le 14 juillet :

– Féli.i.i.i.ix. ix. ix. Têtedeveau! eau! eau! Têtedeveau!

Ça fuse et éclate de tous les côtés pendant une heure. Enfin, Mme Dubois retrouve son sérieux, toussote, tape sur le bureau et, dans un silence relatif, reprend (sans doute pour se faire pardonner) :

– Félix Têtedeveau, bienvenue en CM1, et... et quel métier fait ton papa ?

C'est pas vrai ! Elle le fait exprès ! Je lui lance un regard désespéré. Le même que celui du veau qui arrive à l'abattoir mais, trop occupée à contenir l'hilarité qui lui chatouille la commissure des lèvres, elle ne l'aperçoit pas. Elle s'approche de moi et, bien décidée à me faire oublier sa conduite par de gentilles questions, elle répète :

– Voyons, Félix, réponds-moi !

Ma salive fait « gloup ! » en franchissant ma gorge nouée. Je tripote ma règle neuve que je ne vais pas tarder à casser comme chaque année. Je reste assis pour qu'on m'entende moins et qu'on ne me voit pas, et je murmure :

– Boucher.

Mme Dubois me postillonne une bouffée de rire. Elle a fait ce qu'elle a pu pour se retenir. La classe est repartie en jeux de mots, ricanements, exclamations.

Mme Dubois se cache dans son mouchoir en allant au tableau à pas lents. Elle se retourne, se fabrique un air sévère et gronde :

– Ce n'est pas bien de plaisanter sur le nom d'un camarade !

– Mais, madame...

– Silence ! le premier qui se moque de Félix sera puni !

– Mais, madame...

– L'incident est clos. Je vais distribuer les livres.

L'incident est clos ? Vite dit. Il ne fait que commencer. Pendant les cours, craignant la punition, tous se tiennent tranquilles, se contentant de glousser derrière leurs cahiers, de se pousser du coude, de me lancer des regards ironiques ou des boulettes de papier, mais j'appréhende la récré.

Dès que la cloche sonne, ils se précipitent dans la cour en se bousculant, hurlant en franchissant la porte :

– **Têtedeveau!** *Têtedeveau!*

Je range mes affaires le plus lentement possible en espérant que Mme Dubois me laissera rester dans la classe, mais elle me rappelle à l'ordre.

— Allez, Félix, dehors !

Aucune pitié ! Je sors en traînant les pieds et suis foudroyé par une rafale de rires, de moqueries, de chants ironiques.

— **Têtedeveau ! Têtedeveau... eau... eau !**

— **Félix le chat ! Félix le chat**... tu ne m'attraperas pas...

— **TÊTE DE VEAU ET QUEUE DE CHAT !**

— Eh ! pourvu que ton père ne te mette pas en vente, un jour !

– Quand tu seras grand, on t'appellera **Têtedetauveau** ?

– *Tête de veau vinaigrette !*

– Demain j'apporterai du persil pour garnir tes trous de nez !

Ne pas répondre, jouer les indifférents ou les blasés, se recroqueviller et laisser pleuvoir les injures. Ils sont les plus nombreux, donc les plus forts. La guerre, comme je vous l'ai dit, ce n'est pas mon truc... quoique, parfois, j'aie des envies... terribles.... Mais à quoi bon...

Ce sont les premières récrés les plus difficiles, après seuls les plus méchants ou les cancres, qui veulent me faire payer mes bonnes notes, continuent à s'acharner.

Chapitre 3

Dans un coin de la cour, il y a une fille qui ne se moque pas de moi. Elle est dans ma classe, je l'ai repérée lorsque Mme Dubois nous a demandé de nous présenter. Elle s'appelle Alexandra, elle a de longs cheveux blonds et bouclés et de grands yeux noirs. Elle est jolie. Je crois bien qu'elle n'a pas ri lorsque j'ai dit mon nom. Elle occupe un bureau à droite près de la fenêtre. Le soleil brille dans sa chevelure, on est obligé de tourner la tête vers elle.

Pour le moment, elle me regarde. Les autres filles jouent à l'élastique, et elle… elle me regarde.

Pas franchement. Elle fait celle qui contrôle le jeu, mais de temps en temps je croise ses yeux. Moi, je n'ai rien de mieux à faire que de l'observer, alors toutes les trois minutes, cling ! nos regards se télescopent. Je baisse les yeux sur mes tennis, elle se concentre sur l'élasti-que… trois minutes… cling ! encore ses yeux dans mes yeux. Ça devient un jeu… notre jeu. C'est à celui qui lèvera son regard à la même seconde que l'autre. On gagne à tous les coups. Je finis par en sourire malgré moi par-ce que, franchement, je n'ai pas du tout envie d'être gai. Elle sourit aussi, joliment.

Il ne manquerait plus que je tombe amoureux !

Ça ne m'est jamais arrivé. Les filles sont plutôt « tartes »... Elles font des chichis, pleurent pour un rien ou au contraire donnent des coups de pied dès qu'on les approche, et puis elles ricanent entre elles et caquettent comme des poules. Pas elle. Elle est différente. On ne dirait pas une gamine, plutôt une demoiselle... à la limite, une sorte de fée.

Ben, ça y est, je suis amoureux !

Je n'arrive pas à savoir si c'est une bonne nouvelle.

Ça va certainement me compliquer la vie, mais, en même temps, ce sera chouette de penser à elle.

Il ne faut pas que je m'emballe. Ce n'est pas parce qu'elle me sourit que je lui plais. Les filles, ce sont des coquettes. Un jour elles en aiment un, le jour suivant elles en aiment un autre. Je ne crois pas que ce soit le genre d'Alexandra. Elle a l'air si douce, si... « bien sous tous rapports », comme dirait ma frangine.

Je ne vous ai pas parlé de ma sœur. Il faut avouer que ce n'est pas un cadeau. D'abord, c'est une vieille : elle a six ans de plus que moi et me traite comme un bébé. Ensuite, elle s'enferme des heures à la cave pour chanter. Elle veut être chanteuse de rock pour pouvoir changer de nom. Il paraît

que dans le show-biz, c'est obligatoire. Elle hésite entre Lola Miranda ou Kate Lincoln. Évidemment, ça sonne mieux qu'Annie Têtedeveau ! L'ennui, c'est qu'elle chante comme une casserole. Elle passe le reste de son temps à draguer les garçons qui ont des noms potables pour en épouser un si elle ne réussit pas dans la chanson. Elle n'a plus une minute pour les études.

Elle a redoublé au moins trois fois, mais elle persévère, sinon papa va la prendre comme vendeuse.

Papa rêve qu'Annie épouse Jérôme, le commis.

– Je leur achète un fourgon réfrigéré, et ils feront les marchés. On doublera le chiffre d'affaires et, à ma retraite, je leur lègue ma boutique puisque Félix sera ministre.

Jérôme n'est pas mal. Il est gentil avec Annie. Il lui offre des bonbons, le cinéma et devient tout rouge dès qu'elle entre au laboratoire où il découpe les carcasses de bœuf. (Pouah! quelle horreur!) Mais Annie ne veut pas l'épouser.

– Si je reste dans la boucherie, même si je deviens Mme Morel, les clients continueront à m'appeler Têtedeveau par habitude, m'a-t-elle expliqué un soir de cafard.

Dommage, il est sympa, Jérôme.

En ce moment, Annie sort avec Philippe de Montgolfier. Il a au moins trente ans, il est moche,

n'a aucun métier précis, mais Annie assure que « la beauté ne se mange pas en salade » et qu'on peut « vivre d'amour et d'eau fraîche », comme si la vie n'était qu'une question de nourriture ! Moi, je pense que ma sœur est surtout amoureuse du nom de famille : Annie de Montgolfier, c'est plus élégant qu'Annie Têtedeveau.

Je suis, de loin, ses progrès en chant ainsi que ses rencontres amoureuses, mais il n'y a rien d'abouti pour l'instant. Elle en a encore pour quelque temps à s'appeler Têtedeveau ! Enfin, je peux toujours lui demander des conseils. J'attendrai qu'un rendez-vous avec son de Montgolfier la mette de bonne humeur.

Les jours se suivent et se ressemblent : les plaisanteries bêtes continuent. Je serre les dents. Quelquefois, je vais pleurer dans les toilettes parce que, franchement, ils sont trop vaches. (Tiens, voilà un bon jeu de mots, mais il ne me déride même pas, c'est pour vous dire à quel point je suis malheureux.)

Alexandra me fait des sourires et, depuis deux jours, elle ne se range plus avec Aurélie mais avec moi. Du coup Aurélie crie plus fort que les autres : « **Têtedeveau... eau... eau !** » Mais quand Alexandra me prend la main, mes oreilles se bouchent. La maîtresse a expliqué, avec un autre exemple plus compliqué, que c'est le principe des vases communicants.

Je n'ose toujours rien dire à Alexandra. J'ai peur de tout détruire. Dans ma tête, je murmure son nom, je le savoure comme un bonbon à la framboise, et quand elle réfléchit sur un problème difficile, je la photographie du regard pour emporter son image avec moi.

– Félix ! À quoi rêves-tu ? me demande Mme Dubois.

– *À sa tête de veau !*
– À sa génisse !
– À sa prairie ! crient les autres.

Mme Dubois a le chic pour poser des questions qui déclenchent les quolibets de la classe.

– Félix, en ce moment, tes notes sont moins bonnes, il faut te ressaisir, sinon...

– **Sinon tu retourneras dans ton pré !**

– *Sinon tu ne sauras que faire "meuh!"*

– *Sinon tu seras à la queue... de veau !*

– Silence ! crie Mme Dubois qui ne sait plus comment arrêter les méchancetés qui jaillissent de tous les côtés.

Elle a raison. Je dois me concentrer sur mon travail et cesser d'admirer le joli profil d'Alexandra,

sinon... eh bien, sinon je serai boucher. Boucher !
Ah non ! Je reporte toute mon attention sur mon
exercice. Je lève juste un œil de mon cahier toutes les minutes pour m'assurer qu'Alexandra est
toujours là.

Chapitre 4

Ma sœur est dans la salle de bains. Elle chantonne un air de sa composition où je reconnais quelques notes de *Frère Jacques*. C'est le moment.

Je frappe à la porte et j'entre. Elle a le visage vert, la tête hérissée de bigoudis jaunes, trois ongles de pieds violets... elle se fait une beauté.

— Annie, comment peut-on dire à quelqu'un qu'on l'aime bien ?

– En le lui disant, idiot !

– Non... je veux dire... quand on aime vraiment... quelqu'un qui ne serait pas de la famille... tu vois ?

– Eh ! Tu ne serais pas amoureux ?

– Ce n'est pas pour moi... c'est un copain qui m'a posé la question et...

– Taratata... tu es amoureux ! Ça se voit comme le nez au milieu de la figure.

Le sien, on ne le voit pas, il est enfoui sous la couche de pâte à modeler verte. Elle finit de peindre son pied gauche et commence le pied droit.

– Mon pauvre vieux... tu n'as pas fini d'en baver !

– Pourquoi ?

– Parce qu'avec un nom comme le nôtre, ce n'est pas facile.

Je ne saisis pas bien où est le problème. Mon incompréhension doit se lire dans mes yeux, car elle poursuit, le pinceau de vernis en l'air :

– Quelle fille voudrait sortir avec un **TÊTEDEVEAU** ?

Bling ! Elle m'assomme ! Je trouve à peine la force d'articuler :

– Et toi ?

– Moi, c'est différent, en me mariant, je change de nom, alors que la pauvre fille qui t'aimera prendra ton nom.

Tout ça, je le savais, mais j'avais refusé d'y penser, ça me faisait trop mal. Avec le tact qui la caractérise, Annie vient de m'asséner la vérité.

Elle se masse à présent les mains avec une crème parfumée et poursuit :

– Elle s'appelle comment, ta dulcinée ?

– Alexandra.

– Son nom de famille ?

– Euh... Violette.

– Tu n'as pas de pot ! Si encore elle s'appelait Croûton ou Godasse, changer pour Têtedeveau ne l'aurait pas embêtée, mais Violette... Tu n'as aucune chance.

Ah ! les frangines, pour vous remonter le moral, chapeau !

– De toute façon, tu es trop jeune pour l'amour, abandonne ta Violette, tu as le temps d'en trouver d'autres, mais si tu veux mon avis, à l'avenir ne choisis que des filles au nom barbare, genre Crétin, Bonichon ou Boiteux...

Je quitte la salle de bains, furieux et malheureux, mais avant de claquer la porte, je lance pour me venger :

– Si de Montgolfier te voyait dans cet état, il se dégonflerait.

Je suis fort pour les jeux de mots, mais la plupart du temps, je n'ai pas le courage de les dire et ils restent à se morfondre dans ma tête.

Alexandra est l'unique femme de ma vie. Il n'y en aura pas d'autres. Dans dix ans je serai majeur, et on se mariera. L'ennui, c'est que je ne sais pas si elle aura la force d'attendre et si un autre ne va pas me la piquer. Je ne peux pas lui coller une étiquette dans le dos avec « **Réservée** ».

Il faut absolument que je lui parle... je n'oserai jamais. Je suis affreusement timide... à cause de

mon nom... encore lui. Si je m'appelais Philippe de Montgolfier par exemple, j'aurai un de ces culots ! Ce doit être formidable d'être bien dans sa peau, de ne pas craindre les moqueries... Moi, j'ai toujours envie de rentrer sous terre.

En attendant le jour merveilleux de mon mariage avec Alexandra, il faut que je me mette au travail. On a une rédaction pour demain. J'aurais pu la commencer plus tôt, Mme Dubois nous a donné le sujet il y a dix jours, mais j'ai reculé l'instant d'écrire autant que possible : le sujet est intraitable... pour moi... seulement pour moi...

« Décrivez le métier de votre père, de votre mère ou de votre grand-père. »

Les autres auront l'embarras du choix.

Le plus grave, c'est que si je m'applique et que j'ai une bonne note, Mme Dubois lira mon devoir à haute voix, et toute la classe se moquera de moi, mais si je bâcle mon travail, j'aurai une mauvaise note et mon père me rassurera.

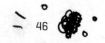

– Ne t'inquiète pas, Félix, dans la boucherie on n'a pas besoin de savoir écrire de belles phrases. Il suffit de connaître quelques compliments pour flatter la viande et la clientèle.

Je préfère la première solution qui me sauvera de la boucherie, même si je passe un mauvais moment, harcelé par les rires des jaloux et des méchants... et puis ce sera un test pour Alexandra. Si elle ne rit pas, ça signifiera que j'ai mes chances. Si elle rit, je la laisserai tomber.

Elle ne rira pas.

Chapitre 5

Ce matin, Mme Dubois entre dans la classe en poussant devant elle un garçon brun, les cheveux en bataille. Son pantalon trop court découvre ses chevilles maigres et ses poignets dépassent largement de son pull. Il a grandi plus vite que ses vêtements. Il ressemble à Gaston Lagaffe.

— Les enfants, commence Mme Dubois après avoir toussoté pour s'éclaircir la voix.

C'est un tic. Elle se racle la gorge avant de parler. Son dernier record est de vingt-cinq toussotements dans une matinée, mais les paris restent ouverts.

– Les enfants, reprend-elle, voici un nouveau petit camarade que je vous demande d'accueillir gentiment. (Elle s'arrête, me regarde, toussote et poursuit :) je pense qu'il sera très bien à côté de... voyons... de Félix... n'est-ce pas, Félix ?

– Oui, m'dame. (Pourquoi est-ce moi qui hérite de ce grand dadais ?)

Mme Dubois se racle la gorge (si elle continue ainsi, elle va battre son record) et annonce :

– Voilà... euh... je vous présente... Oscar... Poudevigne.

La classe éclate de rire. Ça pétarade dans tous les sens. Le même feu d'artifice que celui qui a salué mon nom à la rentrée. Moi, je reste bouche bée, le souffle coupé. Ai-je bien entendu ? Est-il possible qu'un autre ait un nom aussi ridicule que le mien ?

J'ose à peine regarder le nouveau. J'ai l'impression de me dédoubler et de me voir rougir et faiblir sous les sarcasmes. À travers ma mèche de cheveux, je lui jette un œil. Il n'a ni rougi ni faibli. Pire, il toise toute la classe et lance d'une voix forte :

– Bon, vous vous êtes bien bidonnés ? Tant mieux, les occasions ne sont pas si nombreuses. Maintenant, ça suffit. Je vous préviens : je suis ceinture marron de judo, alors à bon entendeur, salut !

Et il s'assied dans un silence directorial, c'est-à-dire celui qui règne brusquement quand on aperçoit le crâne chauve du directeur circuler dans le couloir.

Mme Dubois, estomaquée par le discours d'Oscar et ravie du calme qui s'ensuit, se racle la gorge et bafouille :

– Eh bien... voyons... voyons... ah oui... Félix, distribue ces polycopiés de géographie.

Elle n'a pas demandé à Oscar la profession de son père. Elle a eu trop peur qu'il lui réponde : « Vigneron », mais c'est à moi qu'elle inflige le supplice de passer dans les rangs et d'entendre chuchoter à toutes les tables (sauf à celle d'Alexandra) :

« TÊTE DE VEAU... HÉ! VEAU SANS TÊTE... » et autres inepties.

Sans doute à cause de mon nom et parce que je suis bon élève, je suis le chouchou. Mme Dubois croit me protéger par ses faveurs, au contraire, elle m'assassine quand elle me désigne du doigt pour aller au tableau, répondre aux questions, ouvrir une fenêtre, fermer la porte. Elle ne donne pas aux autres la possibilité de m'oublier, ce que je souhaite de toutes mes forces.

– Comment tu t'appelles ? me demande mon voisin, à peine ai-je posé les fesses sur la chaise.

– Félix.

– Félix comment ?

– Félix... Têtedeveau.

– Non !

– Si.

– Bienvenue au club ! s'exclame-t-il en me tendant la main.

– Le club ? Quel club ?

– Le *club des Chevaliers aux Noms Impossibles.*

– Ça existe ?

– Oui. J'en suis le président fondateur.

– Ah ? Et... il y a beaucoup de membres ?

– Pas énorme, mais c'est parce que les critères de sélection sont rigoureux.

– Félix ! intervient Mme Dubois, avoir un nouveau copain ne te donne pas le droit de bavarder. Tiens, va au tableau copier le problème de maths.

Et voilà ! Je me lève en même temps que les ricanements, mais Oscar se lève aussi et ses yeux lancent des éclairs dans toutes les directions. Les autres, craignant une tempête de force sept ou huit, mettent leurs sarcasmes à l'abri.

Quel soulagement d'être au tableau sans entendre de railleries dans mon dos ! La craie trace toute seule ses lettres blanches. J'espère qu'elles veulent dire quelque chose parce que je n'arrive pas à fixer mon attention sur leur sens, tant je suis heureux d'avoir trouvé un ami, un frère, mon double. Cet Oscar est un fameux lascar ! Encore un bon mot, je suis en forme ! Le problème copié, je me retourne, heureux comme un roi devant ses sujets enfin matés, et adresse un clin d'œil complice à Oscar et un plus discret à Alexandra qui écrit dans son cahier en tirant la langue. L'a-t-elle vu ?

Pour une fois, à la récré, je ne me retrouve pas seul. Oscar est avec moi. J'ai mille questions à lui poser.

— C'est quoi, le *club des Chevaliers aux Noms Impossibles* ?

— Ah ! mon vieux, c'est une longue histoire, commence-t-il en s'asseyant au pied du seul platane qui ombrage la cour lorsqu'il a des feuilles.

En ce moment l'arbre est nu comme un ver, mais son tronc calera notre dos. Je m'assieds à côté d'Oscar, conscient d'avoir déjà l'énorme privilège d'être l'ami du nouveau. Les autres jouent plus loin tout en nous espionnant.

– Il existe d'autres sortes de clubs : le club des Chauves, le club des Moustachus, le club des Gros, le club des Petits... Au lieu de se lamenter en solitaire sur leur défaut, les gens se réunissent pour en parler et souvent en rire.

Je reste perplexe. Il poursuit :

— Un jour, j'ai décidé de faire comme eux et dans la ville où j'habitais avant, j'ai fondé le « *club des Chevaliers aux Noms Impossibles* ». Après tout, notre nom n'est-il pas aussi une chance ? Des Dupont, des Martin, des Durand, il y en a des milliers. Grâce à notre nom bizarre, on se souvient de nous ! Tiens, admire ! j'ai même dessiné une carte de membre du club !

Il extirpe de sa poche un carton bleu, gondolé et taché.

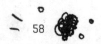

— Nous étions trois. Il y avait un Jean Bonnot, un David Sandeboeuf, et un Armand Cuche... et encore, lui, nous ne l'avons accepté qu'après une longue discussion.

— Cuche ?.... Ce n'est pas rigolo !

— Dis son prénom après son nom, tu vas voir.

— Cuche Armand... Ha ! Ha ! **CUl... charmant...** Ben, le pauvre !

— Comme tu dis. Les parents devraient faire attention en choisissant les prénoms !

— Je peux faire partie du club, moi ?

— Pas de problème. Mais attention, il y a des règles strictes.

– Lesquelles ?

– Il faut réussir les trois épreuves. Un : ne pas se laisser humilier, répondre par des jeux de mots ou par quelques phrases moqueuses. Deux : rester fier de son nom. Trois : le rendre célèbre.

– Pas facile.

– Mon vieux, la vie n'est pas facile, alors autant lutter !

Cet Oscar m'épate. Il parle comme un héros de bande dessinée.

– Je veux bien essayer.

– D'accord. Je suis seul juge pour les trois épreuves.

Chapitre 6

Je n'ai pas eu longtemps à attendre. La cloche sonne la fin de la récré. Je me range, et le gros Benoît m'invective :

— Paraît qu'à la cantine, il y a de la blanquette de veau. T'es sûr qu'i z'ont pas pris ta tête, hé, Félix ?

Appliquant ma vieille tactique, je ne bronche pas, mais une bourrade dans les côtes me rappelle

les règles du club. J'aspire un peu de courage, me creuse les méninges et réplique :

— Je préfère avoir une tête de veau qu'une **TÊTE D'ANDOUILLE** comme toi !

Benoît accuse le coup, les yeux ronds de stupéfaction. Toute la rangée s'esclaffe. Ça me fait agréablement bizarre de n'être pas la cible des moqueries, pour une fois.

— Hé ! Têtedeveau, tu rues dans les brancards, me lance Jérôme.

— Il vaut mieux ruer dans les brancards que **FAIRE DANS SON PANTALON** pendant le contrôle de maths !

Et **toc** ! je l'ai remis à sa place, le Jérôme ! Les autres se marrent. Je prends l'avantage et en plus, je m'amuse beaucoup à leur envoyer des vacheries... pardon, des méchancetés.

— Un point pour toi, s'exclame Oscar en me serrant la main.

J'en suis tout ragaillardi et ne compte pas en rester là.

Quelques minutes plus tard, Mme Dubois me donne l'occasion de passer la deuxième épreuve.

– Je vais vous interroger sur la récitation que vous deviez apprendre pour aujourd'hui. Voyons… Félix !

Je me lève et ajoute d'une voix ferme :

– **Félix Têtedeveau**, madame.

Quelques rires fusent ici et là, mais mon intervention a tellement surpris que la plupart en restent muets.

Mme Dubois, qui, par charité, évite soigneusement de prononcer mon nom de famille, n'en revient pas. Elle jette un œil dans ma direction, toussote et reprend.

– Oui, oui… Félix… au tableau.

– **Félix Têtedeveau**, madame.

Mme Dubois croit que je la nargue. Elle se dresse sur son estrade, toise la classe du haut de son mètre soixante-dix-sept (un mètre cinquante-sept d'os et de chair et vingt centimètres d'estrade) et rencontre mon regard dont la fierté et la force doivent l'étonner (enfin, c'est ce que j'espère). Personne ne rit. Personne n'y comprend plus rien. Tous attendent la suite.

Moi, j'ai chaud, mes jambes flageolent, ma gorge est sèche, mais ça ne se voit pas (je l'espère aussi).

– Eh bien, Félix, que se passe-t-il ? me demande Mme Dubois.

– Rien, madame, mais j'ai... la chance d'avoir un nom original... Je ne veux plus le cacher.

– Cette décision t'honore, **Félix Têtedeveau**. Maintenant, si tu veux bien venir nous réciter *Le Loup et l'Agneau*...

Je sais la fable par cœur. Je la récite avec le ton, quelques gestes, comme si j'étais sur une scène. À la fin, Oscar applaudit, les autres aussi, et Mme Dubois fait semblant de taper dans ses mains en toussotant.

– Très bien, monsieur Têtedeveau, vous avez dix !

Je crois que, de ma vie, je n'ai été aussi fier.
Lorsque j'arrive à ma place, Oscar m'annonce :

– Tu viens de réussir la deuxième épreuve.
Pour la troisième...

– Plus tard, je serai explorateur, ou alors...
comédien. Je deviendrai célèbre et mon nom sera
sur toutes les affiches.

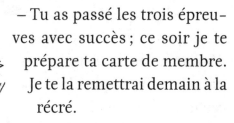

– Tu as passé les trois épreuves avec succès ; ce soir je te
prépare ta carte de membre.
Je te la remettrai demain à la
récré.

J'attends le lendemain
comme le 24 décembre au
soir on attend le Père Noël.
Je pars en avance de la maison, cours le long du chemin
et poireaute vingt minutes devant la
grille fermée. Oscar arrive juste comme la cloche
retentit. Impatient, je l'interroge :

– Alors ?

– Tu l'auras à la récré de dix heures.

– Montre-la-moi !

– Pas maintenant. J'ai un plan.

Cette heure et demie n'en finit pas. Je me tortille sur ma chaise, renverse ma trousse sur le sol, froisse une page du livre de lecture. J'écris mal et je fais une erreur de calcul dans une multiplication simple comme bonjour.

DRIN... IN... IN... ING !

Enfin ! Je saute de mon siège, agrippe le bras d'Oscar pour l'entraîner plus rapidement vers la sortie, vole dans le couloir, dévale l'escalier et me retrouve le premier dans la cour vide. Oscar me rejoint sans se presser.

– Vite ! donne-la-moi !

– Attends. J'ai un plan… Allons sous le platane, au milieu de la cour.

Que veut-il faire ? Son air mystérieux m'excite.

Tout à coup, il me tape sur l'épaule en répétant plusieurs fois d'une voix de ténor :

– *Bienvenue au club des Chevaliers aux Noms Impossibles !*

Pendant qu'il me donne l'accolade, il me glisse à l'oreille : « Réponds-moi : *merci, noble Poudevigne, de m'accueillir parmi les tiens* »

– Merci, noble Poudevigne, de… m'accueillir parmi les tiens !

Quelques curieux s'approchent et questionnent :

– Que faites-vous ?

– Je sacre mon ami Têtedeveau *chevalier au Nom Impossible.*

– C'est chouette, dit Maxime.

– Moi aussi, je voudrais être chevalier, enchaîne Olivier.

– Tu n'y as pas droit, répond sèchement Oscar.

– Pourquoi ?

– Parce que tu t'appelles Olivier Laval.

– Et alors ?

– Nous n'acceptons que des *chevaliers aux Noms Impossibles*.

– Et moi, je pourrais en faire partie ?

– Tu t'appelles comment ?

– Yves Montagne.

– Ce n'est pas un nom impossible !

– Qu'est-ce qu'il te faut ! S'appeler Montagne, mesurer un mètre vingt et peser trente kilos, c'est pas drôle tous les jours !

– Qu'en penses-tu, Têtedeveau ? me demande Oscar.

– Il faut étudier le problème, dis-je avec sérieux.

– Tu as raison. Nous ne devons pas accepter n'importe qui. Les règles sont très strictes... et puis, il faut passer des épreuves...

Un grand de CM2 s'approche de nous et annonce :

– Je m'appelle Pissevin.

Quelques rires saluent son nom, rapidement arrêtés par Oscar qui lui tend la main et prononce cérémonieusement :

– *Bienvenue au club des Chevaliers aux Noms Impossibles !*

Des murmures d'envie s'élèvent. Bientôt, la moitié des élèves est groupée autour de nous, et j'entends l'un d'eux affirmer :

— Il a de la chance, Têtedeveau, de faire partie des chevaliers... Ça m'aurait plu, mais je m'appelle Martin... pas de pot !

Je suis tout étonné que la chance soit de mon côté !

Oscar m'offre ma carte de membre. Elle est décorée d'une fronde, d'un écusson avec un cerf bramant à la lune, d'une guirlande de lierre et de trois étoiles. Il dessine bien, Oscar. Ma carte circule de main en main et fait des jaloux.

— Ceux qui souhaitent poser leur candidature doivent me remettre une feuille avec leur nom et leur prénom. Félix et moi nous délibérerons et, tous les lundis, nous vous donnerons notre réponse et sacrerons de nouveaux chevaliers aux Noms Impossibles.

Alexandra est dans le groupe qui nous observe. Il me semble qu'elle me regarde différemment... comme si elle me voyait pour la première fois.

Il y a de l'étonnement et de la joie dans ses yeux.
Je me redresse et bombe le torse pour paraître à
mon avantage.

— Est-ce que les filles peuvent s'inscrire dans
votre club ? interroge une petite brune.

– Que tu es bête ! Être chevalier, c'est réservé aux garçons, lui répond Alexandra.

Quand elle a dit « chevalier », il y avait de l'admiration dans sa voix. Si, si, je l'ai parfaitement senti.

Pendant la dictée, Alexandra donne un papier plié en quatre à Lucie qui le tend à Oscar qui le pose à côté de mon cahier. Je referme la main dessus pour le protéger des regards. Je continue à écrire

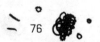

en essayant de bien accorder les participes passés, mais il y en a beaucoup trop et j'ai tellement hâte de lire mon message que je les écris rapidement, sans chercher s'ils sont avant ou après le verbe... Ça n'a plus aucune importance. Seul compte le papier que je fais crisser dans ma main pour le plaisir.

Pendant que Mme Dubois relit la dictée en faisant traîner les *e*, en sifflant les *s* et en accentuant les liaisons pour qu'on n'oublie aucune de ces lettres traîtresses, je déplie mon message de la main gauche et je lis : « *Félix Têtedeveau, je t'aime* » ; c'est signé *A.V.*

Le feu embrase mes oreilles et mes joues. Je plonge la tête dans mon cahier pour tenter de me cacher. Heureusement, tout le monde s'applique pour avoir zéro faute, sauf moi et... Alexandra, qui me jette son regard châtaigne par-dessus l'épaule pour voir l'effet produit par sa déclaration.

Je lui décoche mon nouveau sourire conquérant, celui du chevalier Félix Têtedeveau. Il lui arrive en plein cœur. Elle en lâche son stylo.

Entre nous commence une grande histoire d'amour.

Ma sœur Annie est nulle, il faudra que je lui donne des leçons !

TABLE DES MATIÈRES

Castor Poche

Des romans pour les grands

TITRES DÉJÀ PARUS

Castor Poche

Une formule magi-catastrophique

ANNE-MARIE DESPLAT-DUC

« J'en ai marre ! Plus que marre ! Je ne suis ni Gauvain, mon petit frère de quatorze mois, ni Mélusine, ma sœur aînée. Je suis celui du milieu, et mon sort n'est pas enviable, je vous jure ! »

Josselin n'a ni la liberté du premier-né ni la place de chouchou du petit dernier. Un jour, en consultant un livre de sortilèges, il trouve une formule qui permet de prendre la place d'un autre. Josselin récite l'incantation... et se réveille dans le petit lit à barreaux de Gauvain ! Mais au fil des heures, il se rend compte qu'être un bébé n'est pas si enviable... La place de l'aînée sera-t-elle plus avantageuse ?

Castor Poche

La princesse qui détestait les princes charmants

PAUL THIÈS

« – Ah ! là ! là ! se lamentait le roi, si au moins ma petite fille pensait aux carrosses et aux citrouilles comme une princesse normale au lieu de mettre du piment rouge dans mon ragoût. »

Non seulement Clémentine déteste les princes charmants, mais ses talents de farceuse surpassent ceux de son ami, le bouffon Cabriole ! Excédés par ses bêtises, ses parents l'envoient à l'école des Princesses pour lui apprendre les bonnes manières. Pauvre Clémentine ! Elle va devoir supporter la directrice, Cunégonde la redoutable, et ses horribles régimes. Heureusement, Cabriole va l'aider à se sortir de là... et à donner une bonne leçon aux princes charmants !

Castor Poche

La princesse qui domptait les dragons

PAUL THIÈS

Clémentine et Cabriole se disputèrent à pleins pou-
mons, comme d'habitude.
– C'est ta faute ! s'écria la princesse.
– Comment ? Ma faute ? hurla Cabriole, rouge de rage.
Si tu avais épousé un de ces crétins de princes char-
mants, il ne serait rien arrivé ! »

Mais Clémentine est amoureuse de Cabriole, le petit bouffon ! Le problème, c'est qu'ils n'arrêtent pas de se cha-
mailler... Même quand ils sont prisonniers des dragons qui
veulent les croquer ! Pour une fois, Clémentine regrette que
son bien-aimé n'ait pas appris à les découper en rondelles,
comme tout prince charmant...

Castor Poche

L'odeur de la mer

PHILIPPE BARBEAU

Le nouvel instituteur s'est campé devant la porte. À cet instant, chacun de nous pensait : « Toi, mon poulet, tu veux nous faire travailler. Eh bien ! tu vas en voir des vertes et des pas mûres ! »

Vermillon et ses copains comptent bien décourager leur nouveau maître comme ils ont découragé tous les autres. Seulement, la Taupe, comme ils le surnomment, n'est pas un professeur ordinaire : non seulement il ne crie pas, mais il aime plaisanter... et même jouer au foot avec eux ! Plus aucun élève n'a envie de chahuter, d'autant que la Taupe leur propose de réaliser leur rêve : découvrir la mer...

Castor Poche

Une grand-mère d'occasion

CHRISTINE ARBOGAST

« *Pour la centième fois peut-être, Nicolas s'interrogea :
à quoi allait ressembler la grand-mère ? Il avait examiné
toutes les personnes âgées dans la rue. Qu'elles étaient
laides, la plupart de ces vieilles ! Ridées, tordues...* »

Catastrophe ! Les parents de Nicolas décident d'accueillir
une vieille dame, et l'installent dans la salle de jeux !
Mais Madame Ushuari n'est pas une mamie comme les
autres : elle sait marcher sur les mains, dresser les ser-
pents, et boire de drôles de tisanes. En plus, elle a une amie
qui s'appelle Marie-Antoinette et qui est... une chauve-
souris. Quelle révolution à la maison !

Castor Poche

Sauvons les dragons !

WILLIS HALL

« – Et maintenant, mesdames et messieurs, avec l'aide de mon assistant, je vais réaliser un tour de magie exceptionnel. Du jamais vu, à vous couper le souffle. Le jeune Edgar Rollins va se volatiliser sous vos yeux ! »

Lorsque le garçon entre dans la grande boîte noire censée le faire disparaître, il est transporté des siècles en arrière, à l'époque des chevaliers de la Table ronde... Car le magicien à l'origine du tour n'est autre que Merlin l'Enchanteur ! Le célèbre sorcier a en effet besoin d'Edgar pour mettre fin au massacre des dragons par le roi Arthur...
S'il veut rentrer un jour chez lui, le garçon a tout intérêt à remplir sa mission !

Castor Poche

Imprimé à Barcelone par:

Conception graphique et mise en pages : Frédérique Deviller

Dépôt légal : janvier 2013
N° d'édition : L.01EJEN000904.N001

Loi n°49-956 du 16 juillet 1949
sur les publications destinées à la jeunesse